عەلی بابا و چل دزەکە

Ali Baba *and the* Forty Thieves

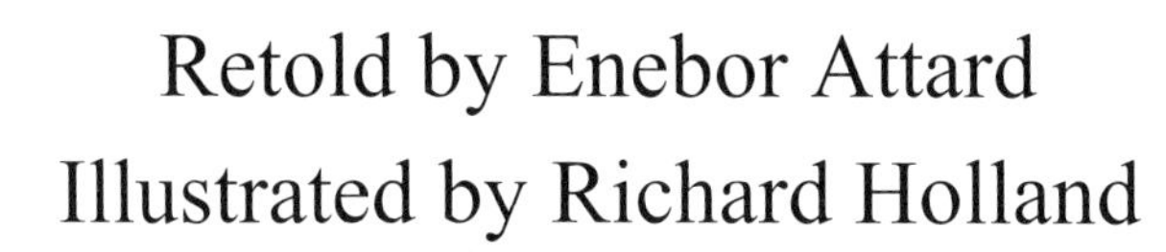

Retold by Enebor Attard

Illustrated by Richard Holland

Kurdish translation by Anwar Soltani

Mantra Lingua

سالّی زوو لە عەرەبستان، بە مانگەشەوێکی ڕووناك، عەلی بابا خەریکی پووش کۆکردنەوە بوو، هەستی بە شتێکی سەیر کرد. دەنگی هات و چۆیەك دەهات، لە دەنگی هەورەتریشقە دەچوو، بەڵام نەك لە ئاسمانەوە، بەڵکو لەژێر زەوییەوە.

A long time ago in Arabia, on a full moon night, Ali Baba noticed something very strange as he gathered firewood. A rumbling sound, like thunder, came not from the sky, but from below the earth.

عەلی بابا واقی وڕما کاتێ تاشەبەردێکی گەورەی بینی هەر لەخۆیەوە وەرسووڕا
و ئەشکەوتێکی تاریك و تنۆکی دەرخست.

And to Ali Baba’s astonishment, a gigantic rock
rolled across on its very own, revealing a dark cave.

مانگەشەو سێبەرێکی سەیری خستبوە سەر تاشەبەردەکان. عەلی بابا هەستی کرد ئیتر تەنیا نیە.
خۆی خزاندە پێشەوەتر، نزیک بوو بەسەر کاروانێکی ئەسپدا بکەوێت کە چاوەڕوانی سوارەکانیان بوون.
خۆی دایە پەنایەك و زۆری پێ نەچوو تاقمێك زەلامی سەروڕوو داپۆشراو وەك سێبەر لە ئەشکەوتەکە
هاتنەدەر و بەرەولای ئەو هاتن.

The moonlight sent strange shadows across the rocks. Ali Baba felt he was not alone.
He crept closer and nearly fell upon a pack of horses waiting for their riders.
Ali Baba hid and it was not long before a bunch of shadowy cloaks and hoods came
out of the cave towards him.

ئەمانە دز بوون و چاوەڕوانی "قائید" واتە ڕێبەری خۆیان دەکرد.
کاتێ قائید دەرکەوت، ڕوانییە ئەستێرەکان و بە دەنگێکی بەرز هاواری کرد: "دایخەوە کونجی!"
تاشە بەردە زلەکە کەوتە جووڵە، بە ئەسپایی وەرسووڕا و بەرەو پاشەوە کشا، زارکی ئەشکەوتەکەی داخست و ئیتر نهێنییەکانی ناو ئەشکەوت لە چاوی هەموو جیهان شارانەوە... لە عەلی بابا نەبێت.

They were thieves waiting outside for Ka-eed, their leader.
When Ka-eed appeared, he looked towards the stars and howled out, “Close Sesame!”
The huge rock shook and then slowly rolled back, closing the mouth of the cave, hiding its secret from the whole world... apart from Ali Baba.

کاتێ پیاوەکان لەبەر چاوان ون بوون، عەلی بابا پاڵێکی توندی نا بە تاشە بەردەکەوە.
بەردەکە ئەوەندە قورس و قایم بوو، کە دەتگوت هیچ شتێك لە جیهاندا ناتوانێ بیبزوێنێت.
عەلی بابا بە سرتەیەکەوە گوتی: "بیکەوە کونجی!".
تاشەبەرد بە ئەسپایی وەرسووڕا و ئەشکەوتێکی تاریك و قووڵی دەرخست.
عەلی بابا هەوڵی دا خێرا بەناویدا بڕوات، بەڵام لەگەڵ هەر هەنگاوێك کە هەڵیدێنایەوە دەنگێکی بەرز و توند لە هەموو لایەك بازرەی دەکرد. عەلی بابا لەپڕێکدا خزی، سووڕا و سووڕا و سووڕا تا کەوتە سەر تاقمێك فەرشی هاوریشمی بە گوڵ چنراو. لە دەوروبەری خۆی چاوی بە چەندەها جانتای پڕ لە سکەی ئاڵتوون و زیو و چەندەها کووپەی پڕ لە ئەڵماس و گەوهەر و یاقووت کەوت، چەندەها کووپەی دیکەش هەر پڕ بوون لە ... سکەی ئاڵتوون.

When the men were out of sight, Ali Baba gave the rock a mighty push.
It was firmly stuck, as if nothing in the world could ever move it.
“Open Sesame!” Ali Baba whispered.
Slowly the rock rolled away, revealing the dark deep cave. Ali Baba tried to move quietly but each footstep made a loud hollow sound that echoed everywhere.
Then he tripped. Tumbling over and over and over he landed on a pile of richly embroidered silk carpets. Around him were sacks of gold and silver coins, jars of diamond and emerald jewels, and huge vases filled with... even more gold coins!

عەلی بابا لە خۆی دەپرسی: "ئایا خەون دەبینم؟" ملوانکەیەکی ئەڵماسی بەدەستەوە گرت، شەوقی ئەڵماسەکان چاویان ئازار دا. ملوانکەکەی کردە ملی خۆی. ئینجا یەکی تری کردە ملی و پاشان یەکی تر و یەکی تریش. گۆرەوییەکانیشی پڕ لە گەوهەر کرد. گیرفانەکانی ئەوەندەی ئاڵتون تێکردن، کە بە زەحمەت توانی خۆی لە ئەشکەوتەکە بکێشێتە دەرەوە.
کاتێ هاتە دەرەوە، ڕووی کردە دواوە و گوتی: "دایخە کونجی!".
بەردەکە دەرگای ئەشکەوتەکەی توند داخست.
دیارە ماوەیەکی زۆری پێ چوو تا عەلی بابا بتوانێ بگاتە ماڵەوە. کاتێ ژنەکەی چاوی بەو هەموو شتە کەوت لە خۆشیان گریا. ئێستا بەشی هەموو تەمەنی خۆیان پارەیان هەبوو.

"Is this a dream?" wondered Ali Baba. He picked up a diamond necklace and the sparkle hurt his eyes. He put it around his neck. Then he clipped on another, and another. He filled his socks with jewels. He stuffed every pocket with so much gold that he could barely drag himself out of the cave.
Once outside, he turned and called, "Close Sesame!" and the rock shut tight.
As you can imagine Ali Baba took a long time to get home. When his wife saw the load she wept with joy. Now, there was enough money for a whole lifetime!

ڕۆژی دواتر، عەلی بابا ئەوەی ڕابرابوو بۆ قاسمی برای گێڕایەوە.
قاسم گوتی: "مەچۆرەوە بۆ ئەو ئەشکەوتە، زۆر جێگای مەترسییە".
ئایا قاسم خەمی سەلامەتی براکەی دەخوارد؟ نا، وا نەبوو.

The next day, Ali Baba told his brother, Cassim, what had happened.
"Stay away from that cave," Cassim warned. "It is too dangerous."
Was Cassim worried about his brother's safety? No, not at all.

ئەو شەوە، کاتێ هەموو کەس چووبوونە خەو، قاسم بەدزییەوە سێ گوێدرێژی لەگەڵ خۆیدا برد و لە گوندەکە چوە دەرەوە. لە شوێنی جادوەکە بانگی کرد: "بیکەوە کونجی!".
بەردەکە وەرسووڕا و دەرگاکەی کردەوە. دوو گوێدرێژی یەکەم چوونە ژوورەوە، بەڵام گوێدرێژی سێهەم پێی چەقاند و نەڕۆیشت. قاسم ئەوەندەی ڕاکێشا و ڕاکێشاو و هێندەی بە قامچی لێدا و بەسەریدا نەڕاند هەتا حەیوانە بەستەزمانەکە ملی دابرد. بەڵام ئەوەندە تووڕە بوو کە جووتەیەکی بەهێزی لە بەردەکە دا و بەردەکەش بە جیڕەجیڕ بەردەگاکەی بەست. ئینجا قاسم بانگی گوێدرێژەکانی کرد و گوتی: "وەرن ئەی حەیوانە نەفامەکان!".

That night, when everyone was asleep, Cassim slipped out of the village with three donkeys. At the magic spot he called, “Open Sesame!” and the rock rolled open.
The first two donkeys went in, but the third refused to budge. Cassim tugged and tugged, whipped and screamed until the poor beast gave in. But the donkey was so angry that it gave an almighty kick against the rock and slowly the rock crunched shut.
“Come on you stupid animal,” growled Cassim.

لەناو ئەشکەوتەکەدا، قاسم کە لە خۆشییان شاگەشکە ببوو و هەناسەی دەرنەدەهات، خێرا
جانتای بەشوێن جانتادا پڕەکرد و دەیخستە سەر پشتی گوێدرێژە داماوەکان. ئیتر کاتێ کە
دیتی ناتوانێ چیتر هەڵبگرێت، بڕیاری دا بڕواتەوە ماڵێ.
بە دەنگی بەرز هاواری کرد: "بیکەوە بادامی هیندی!" هیچ نەقەوما.
هاواری کرد: "بیکەوە بادام!" ئەمجارەش هیچ.
"بیکەوە پستە!" هێشتا هیچ.
قاسم کەوتە پەلە. دەینەڕاند و جنێوی دەدا و هەرچی لە دەستی دەهات دەیکرد، بەڵام بە
هیچ شێوەیەك "کونجی" وەبیر نەدەهاتەوە.
قاسم و سێ گوێدرێژەکەی کەوتبوونە داو.

Inside, an amazed Cassim gasped with pleasure. He quickly filled bag after bag, and piled them high on the poor donkeys. When Cassim couldn't grab any more, he decided to go home.
He called out aloud, "Open Cashewie!" Nothing happened.
"Open Almony!" he called. Again, nothing.
"Open Pistachi!" Still nothing.
Cassim became desperate. He screamed and cursed as he tried every way possible, but he just could not remember "Sesame"!
Cassim and his three donkeys were trapped.

بەیانی ڕۆژی دواتر، ژن برای گەلێك خەمباری عەلی بابا هات.
لە دەرگای دا و گوتی: "قاسم نەگەڕاوەتەوە ماڵێ، لە کوێیە؟ ئەی هاوار، لەکوێیە؟"
عەلی بابا زۆری پێ تێك چوو. هەموو لایەك بەدوای براکەیدا گەڕا، هەتا بەتەواوی
بێزار بوو. دەبێ قاسم لە کوێ بێت؟ لێرەدا مەسەلەکەی بیرکەوتەوە و چووە شوێنی
تاشەبەردەکە. لەشی بێ گیانی قاسم لە دەرەوەی ئەشکەوتەکە کەوتبوو.
دزەکان پێش ئەو قاسمیان بینیبوو.
عەلی بابا کاتێ تەرمی قورسی براکەی دەبردەوە ماڵ، لای خۆی بیری کردەوە
و گوتی: "واباشە قاسم دەست بەجێ بنێژرێت".

Next morning a very upset sister-in-law came knocking on Ali Baba's door.
"Cassim has not come home," she sobbed. "Where is he? Oh, where is he?"
Ali Baba was shocked. He searched everywhere for his brother until he was completely exhausted. Where could Cassim be?
Then he remembered.
He went to the place where the rock was. Cassim's lifeless body lay outside the cave. The thieves had found him first.
"Cassim must be buried quickly," thought Ali Baba, carrying his brother's heavy body home.

کاتێ دزەکان گەڕانەوە تەرمەکەیان نەدۆزییەوە. واهەیە حەیوانی وەحشی قاسمیان بردبێت.
ئەی ئەم شوێن پێیانە دەبێ چی بن؟ قائید وەك شێتی لێهاتبوو، دەینەڕاند و بە توورەییەوە
دەیگوت: "دەبێ ئەویش بکوژرێت". دزەکان کەوتنە شوێن جێ پێکە تا گەیشتنە گۆڕستان.
لەوێوە جێ پێکە دەچوە ماڵی عەلی بابا.
"هەبێ و نەبێ کاری خۆیەتی" قائید لای خۆی وای بیر کردەوە و بێدەنگێك چوو بازنەیەکی
سپی لەسەر دەرگای ماڵەکە کێشایەوە. "ئەمشەو کاتێ هەموان چوونە خەو، دەیکوژم".
بەڵام قائید لای وانەبوو کەسێکی تریش ئەوی بینیبێت.

When the thieves returned they could not find the body. Perhaps wild animals had carried Cassim away. But what were these footprints?
“Someone else knows of our secret,” screamed Ka-eed, wild with anger. “He too must be killed!”
The thieves followed the footprints straight to the funeral procession which was already heading towards Ali Baba’s house.
“This must be it,” thought Ka-eed, silently marking a white circle on the front door. “I’ll kill him tonight, when everyone is asleep.”
But Ka-eed was not to know that someone had seen him.

"مەرجانە"، کچە خزمەتکارەکە چاوی لە قائید بوو. هەستی کرد ئەو پیاوە نامۆیە دەبێ کەسێکی خراپ بێت. "ئەی واتای ئەو بازنەیە چییە؟" مەرجانە لەبەر خۆیەوە بیری دەکردەوە و چاوەڕوان بوو قائید بڕوات. ئینجا مەرجانە کارێکی بەڕاستی وریایانەی کرد. هەندێ تەباشیری هەلگرت و بازنەیەکی سپی لەسەر دەرگای هەموو ماڵەکانی گوند کێشایەوە.

The servant girl, Morgianna, was watching him. She felt this strange man was evil. “Whatever could this circle mean?” she wondered and waited for Ka-eed to leave. Then Morgianna did something really clever. Fetching some chalk she marked every door in the village with the same white circle.

That night the thieves silently entered the village when everyone was fast asleep.
“Here is the house,” whispered one.
“No, here it is,” said another.
“What are you saying? It is here,” cried a third thief.
Ka-eed was confused. Something had gone terribly wrong, and he ordered his thieves to retreat.

ئەو شەوە، کاتێ هەموو کەس چاوی لە خەودا بوو، دزەکان بێدەنگێك چوونە ناو گوندەکەوە.

یەکیان بە سرتە گوتی: "ئەوەماڵەکەیە".

یەکی دیکەیان گوتی: "نا، ئەم ماڵەیە".

سێهەمیان بانگی کرد: "ئەوە دەڵێن چی؟ ئەمەیانە!".

قائید سەری لێ شێوابوو، لایەکی کارەکە بە تەواوی تێك چووبوو، ناچار فەرمانی بە دزەکان دا لە گوندەکە دەرچن.

بەرەبەیانی رۆژی دواتر، قائید گەڕایەوە ناو گوندەکە.
سێبەرە درێژەکەی کەوتبوە سەر ماڵی عەلی بابا. قائید بۆی ڕوون بۆوە کە *ئەوە*
ڕاست هەمان ئەو بازنەیە وا شەوی پێشتر بۆی نەدیترابووە. ئینجا بیری لە
نەخشەیەك کردەوە. گوتی چل کووپەی ڕازاوە خەڵاتی عەلی بابا دەکەم بەڵام لەناو
هەر کامیاندا دزێك بە شمشێرێکەوە حەشار دەدەم.
هەمان رۆژ هەندێك درەنگتر، مەرجانە چاوی بە کاروانێکی وشتر و ئەسپ کەوت کە
بە گالیسکەوە دەهاتنە بەر دەرگای ماڵی عەلی بابا. بە دیتنیان سەری سووڕما.

Early next morning Ka-eed came back.
His long shadow fell on Ali Baba's house and Ka-eed knew that *this*
was the circle he could not find the night before. He thought of a plan.
He would present Ali Baba with forty beautifully painted vases.
But inside each vase would be one thief, with his sword ready, waiting.
Later that day, Morgianna was surprised to see a caravan of camels,
horses and carriages draw up in front of Ali Baba's house.

پیاوێك به جل و بەرگی درێژی بنەوش و جامانەی مومتازەوە هاتە لای ئاغاکەی مەرجانە و گوتی: "عەلی بابا، تۆ کەسێکی لێهاتووی، لە راستیدا دۆزینەوە و رزگار کردنی براکەت لە کەڵپی حەیوانی دڕندە کارێکی ئازایانە بوو. تۆ دەبێ خەڵات بکرێیت. وا شێخەکەی من، مەزنی کورگووستان، چل کووپەی رازاوەی پڕ لە زێر و زیوی پێشکەش کردووی".
واهەیە تا ئێستا بۆتان دەرکەوتبێ کە عەلی بابا مرۆڤێکی زۆر زیرەك نەبو، هەر بۆیەش خەڵاتەکەی بە ڕووی خۆشەوە وەرگرت و پاشان گوتی: "مەرجانە، بڕوانە چییان پێداوم".
بەڵام مەرجانە لەم کارە دڵنیا نەبوو. هەستی دەکرد خەریکە شتێکی ناخۆش ڕووبدات.

A man in purple robes and magnificent turban called on her master.
“Ali Baba,” the man said. “You are gifted. Finding and saving your brother from the fangs of wild animals is indeed a courageous act. You must be rewarded.
My sheikh, the noble of Kurgoostan, presents you with forty barrels of his most exquisite jewels.”
You probably know by now that Ali Baba was not very clever and he accepted the gift with a wide grin.
“Look, Morgianna, look what I have been given,” he said.
But Morgianna was not sure. She felt something terrible was going to happen.

کاتێك قائید چوه دەرەوە، مەرجانە گوتی: "خێرابە، سێ باری وشتر ڕۆنم بۆ داغ بکە تا دووکەڵی لێهەڵدەستێت. دەڵێم خێرابە تا درەنگ نەبوە. دواتر هۆیەکەت پێ دەڵێم".

عەلی بابا دەست بەجێ ڕۆنی زەنگی هێنا و لەسەر هەزار دانە پۆلووی گەشاوەی دانا و قرچی کرد.

مەرجانە کاسەیەك لەو ڕۆنە قرچەی هەلگرت و بە قوڵتەقوڵت کردیە ناو کووپەی یەکەمەوە، سەری کووپەکەشی توند نایەوە. کووپەکە زۆر بە توندی کەوتە بزووتن، بە شێوەیەك کە لەوانە بوو بەلادا بکەوێت، پاشان لە جووڵە کەوت. مەرجانە بێدەنگێك دەرگای کووپەکەی کردەوە و عەلی بابا چاوی بە یەکەم دز کەوت کە لەناو کووپەکەدا مردبوو.

عەلی بابا پیلانی مەرجانەی زۆر بەدڵ بوو، بۆیەش یارمەتی دا و هەر ئەو ڕۆژە هەموو چل دزەکەیان بە هەمان شێوە کوشت.

“Quick,” she called, after Ka-eed had left. “Boil me three camel-loads of oil until the smoke rises out of the pots. Quick, I say, before it is too late. I will explain later.”

Soon Ali Baba brought the oil, spluttering and hissing from the flames of a thousand burning coals. Morgianna filled a bucket with the evil liquid and poured it into the first barrel, shutting the lid tight. It shook violently, nearly toppling over. Then it became still. Morgianna quietly opened the lid and Ali Baba saw one very dead robber!

Convinced of the plot, Ali Baba helped Morgianna kill all the robbers in the same way.

That evening Ka-eed arrived to feast with Ali Baba.
They gorged on meats and breads cooked in wonderful ways.
They drank the rich nectar of sumptuous fruits.
But the highlight was Morgianna's dance! Poor Ka-eed did not have a chance. Belching with the rich food, his eyes rolled round and round watching Morgianna spin closer and closer.
Then all of a sudden, he felt a diamond studded dagger plunge into the depths of his heart.

سەر لەئێوارە، قائید گەڕایەوە ناودێ بۆ ئەوەی نانی ئێوارە لەگەڵ عەلی بابا بخوات.
نان و گۆشتێکی تێر و تەسەلیان پێکەوە خوارد کە زۆر بەتام و لەززەت لێنرابوو.
ئینجا خۆشاوی هەرە بەتامیان خواردەوە. بەڵام لە هەموو ئەو شتانە خۆشتر، سەمای
مەرجانە بوو! گەرچی قائیدی نەگبەت ئەو شەوە بێبەخت بوو.
قائید ئەوەندەی خواردنی قورس خواردبوو، قرقێنەی دەدا. لەگەڵ سەیر کردنی
مەرجانە کە بەدەوری خۆیدا دەخولایەوە و وردە وردە لێی نزیکتر دەبۆوە،
چاوی تووشی ڕەشکە و پێشکە بوو و سەری لە گێژەوە هات.
لە پڕێکدا هەستی کرد خەنجەرێك هەتا دەسکە ئەڵماس بەندەکەی لە دڵی ڕۆچوو.

ڕۆژی دواتر، عەلی بابا چوە ئەو شوێنەی وا تاشە بەردەکەی لێ بوو. هەرچی زێڕ و
گەوهەری نهێنی لێ شارابوەوە دەری هێنا و بۆ دواجار بانگی کرد: "دایخە کونجی!".
هەموو ئەو زێر و گەوهەرەی دایە ئەو خەڵکەی وا عەلی بابایان کردە ڕێبەری خۆیان
و ئەویش مەرجانەی کردە راوێژکاری خۆی.

The next day Ali Baba returned to the place where the rock was. He emptied the cave of its secret coins and jewels and he called out, “Close Sesame!” for the last time.
He gave all the jewels to the people, who made Ali Baba their leader.
And Ali Baba made Morgianna his chief adviser.